幼兒全語文 階梯故事 系列

U0114809

睡覺

袁妙霞　著
野人　繪

園丁文化

狐狸愛在山洞中睡覺。

小鳥愛在鳥巢中睡覺。

小狗愛在狗窩中睡覺。

小貓愛在沙發上睡覺。

小寶寶愛在嬰兒牀上睡覺。

祖父呢？

他愛在安樂椅上睡覺。

導讀活動

 提問

進行方法：

❶ 讀故事前，請伴讀者把故事先看一遍。
❷ 引導孩子觀察圖畫，透過提問和孩子本身的生活經驗，幫助孩子猜測故事的發展和結局。
❸ 利用重複句式的特點，引導孩子閱讀故事及猜測情節。如有需要，伴讀者可以給予協助。
❹ 最後，請孩子把故事從頭到尾讀一遍。

封面
1. 圖中的動物在做什麼？
2. 請把書名讀一遍。

P2
1. 圖中是什麼動物？牠在做什麼？
2. 牠在什麼地方睡覺呢？

P3
1. 圖中是什麼動物？牠在做什麼？
2. 牠在什麼地方睡覺呢？

P4
1. 圖中是什麼動物？牠在做什麼？
2. 牠在什麼地方睡覺呢？你家有沒有養小狗？如果有，小狗愛在哪裏睡覺呢？

P5
1. 圖中是什麼動物？牠在做什麼？
2. 牠在什麼地方睡覺呢？你家有沒有養小貓？如果有，小貓愛在哪裏睡覺呢？

P6
1. 圖中是誰？他在做什麼？
2. 小寶寶在什麼地方睡覺呢？

P7
1. 圖中的老人是小寶寶的祖父。他在做什麼？
2. 你猜祖父在什麼地方睡覺呢？

P8
1. 你猜對了嗎？
2. 圖中的電視正開着，你猜祖父本來是在做什麼的？後來他又怎樣了？

睡眠

要身體健康，精神充沛，我們必須有足夠的睡眠。兒童的身體正值生長期，如果睡得太晚，會影響長高。兒童最理想的睡眠時間是晚上八時至九時。

除了充足的睡眠外，我們還要養成良好的睡眠習慣：

⭐ 作息要有定時，每天固定時間睡覺和起牀。

⭐ 保持睡眠環境安靜。

⭐ 關燈睡覺。

⭐ 睡覺之前不要大量進食。

字卡

玩法

❶ 把字卡全部排列出來，伴讀者讀出字詞，請孩子選出相應的字卡。
❷ 請孩子自行選出多張字卡，讀出字詞並口頭造句。

請沿虛線剪出字卡。

睡覺	狐狸	愛
山洞	鳥巢	狗窩
小貓	沙發	寶寶
嬰兒牀	祖父	安樂椅

幼兒全語文階梯故事系列
第2級（初階篇）

《睡覺》

幼兒全語文階梯故事系列
第2級（初階篇）

《睡覺》

幼兒全語文階梯故事系列
第2級（初階篇）

《睡覺》

幼兒全語文階梯故事系列
第2級（初階篇）

《睡覺》

幼兒全語文階梯故事系列
第2級（初階篇）

《睡覺》

幼兒全語文階梯故事系列
第2級（初階篇）

《睡覺》

幼兒全語文階梯故事系列
第2級（初階篇）

《睡覺》

幼兒全語文階梯故事系列
第2級（初階篇）

《睡覺》

幼兒全語文階梯故事系列
第2級（初階篇）

《睡覺》

幼兒全語文階梯故事系列
第2級（初階篇）

《睡覺》

幼兒全語文階梯故事系列
第2級（初階篇）

《睡覺》

幼兒全語文階梯故事系列
第2級（初階篇）

《睡覺》